Miflûte Mirliton

Texte de Dany LECÈNES

Illustrations de Laurence BOSSARD

En ces temps-là, un vent terrible soufflait dans les rues du monde. C'était un vent glacial, une bise sifflante venue du nord qui semblait ne jamais devoir cesser sa passacaille. Partout la terre tremblait de froid, les champs comme les villes, les arbres comme les maisons, les mers comme les monts, les animaux comme les hommes.

Dans une pauvre maison, un jeune homme, qu'on appelait Jean Labûche, car il n'avait pas son pareil pour abattre un chêne ou un sapin et vous le débiter en belles planches ou en rondins, se tenait près de sa cheminée, maugréant contre le blizzard qui l'obligeait à rester au coin du feu le plus clair de sa journée. Heureusement qu'il avait fait provision pour lui-même d'un haut tas de bois le garantissant de la froidure et de bonnes salaisons pour l'hiver. N'empêche ! Être contraint de trépigner au lieu de courir les chemins de forêt, c'était un triste sort pour un gaillard qui n'aimait rien tant que la nature en toutes saisons.

Le voilà assis près de l'âtre, perdu dans de sombres pensées, un sarment de buis à la main qu'il taille à grands coups de son canif sans même s'en apercevoir. Tout à coup, une voix se fait entendre, toute pleine de ressentiment.

— Par la barbe de Pluton

Il me prend pour un bâton !

Jean cherche autour de lui la provenance de la voix et, secouant la tête, accuse le verre de bon vin plus qu'à moitié vidé qu'il a posé près du chenet.

— Il est grand temps d'arrêter de boire mon Jeannot. Ou bien c'est ce vent dans tes oreilles !

Mi-figue mi-raisin, il reprend son ouvrage.

— Par le poil du roi Arthur

Vas-tu cesser tes griffures ?

Stupéfait, Jean regarde le bout de bois dont il vient d'écorner une arête. Ce n'est pas possible ! C'est ce petit morceau de ramure qui se plaint comme un enfant blessé.

— Une bûche qui parle ! Quelle est cette diablerie ?

— Tu en verras bien d'autres Jean Labûche si tu m'écoutes sans me meurtrir.

Du coup, Jean reprend son verre, le remplit à ras bord et le vide cul sec.

— Tant qu'à entendre des voix, autant qu'elles glougloutent.

— Ça y est ? Tu te sens mieux ? Es-tu prêt à m'écouter maintenant ?

Jean observe l'écorce de plus près et distingue une bouche minuscule et deux petits yeux comme des billes, moqueurs et bien vivants.

— Oui… Euh… qui êtes-vous, esprit du rameau ?

— On m'appelle Miflûte Mirliton. Je suis un sylphe qui aime à se loger dans les ramées les plus vigoureuses. Et ma foi, ce buis est un logis des plus solides. Sauf quand d'imbéciles bûcherons de ta sorte ne prêtent aucune attention à ce qu'ils font !

— Excusez-moi, c'est que c'est la première fois que j'entends une bûche se plaindre de mon savoir-faire.

— Il est vrai que d'habitude, tu t'y prends mieux.

— Merci. Heu… Puis-je savoir ce qui vous amène chez moi, noble génie du buis ?

— Par le nez de Tataouine

On est curieux comme fouine !

Disons, mon cher ami, qu'il fait bon chez toi et que j'ai décidé, constatant ta mauvaise humeur, de te venir en aide.

— À moins que vous sachiez apaiser le vent d'hiver, je n'ai besoin d'aucune aide. Je vis heureux dans ma chaumière, de l'aube au crépuscule je cours les bois, les prés, les forêts, je mange et je bois sans mollir et je dors du sommeil du juste.

— Vraiment ? Petit Jean cependant rêve assez le soir venu. Ne t'entends-je point quand la nuit tombe maudire cette heure bleue qui te trouve seul comme un pauvre hère ? Tu cours, tu manges, tu bois, tu dors, peut-être, mais tu ne chantes pas !

— Mon chaudron chante mieux que moi. J'ai la voix qui chevrote et d'ailleurs je ne connais pas de rengaines. Et puis, faut-il chanter pour vivre heureux ?

— Sans aucun doute.

— En voilà une philosophie ! De tous mes amis, je n'en connais aucun qui s'époumone. Sont-ils malheureux pour autant ?

— Mais, tu n'as pas d'amis !

— Moi ? Pas d'amis ! veux-tu rire, insolente brindille ?

— Par le pif du Père Ubu
Vient-il pas de me dire tu ?

Turlututu, mon jeune ami, je sais ce que je dis. Tu as des voisins, des clients, des cousins, des chalands, mais point d'amis. Tu n'as ni femme ni enfants et tu te plains au firmament. Et moi, vois-tu, je peux t'aider.

Jean, sachant bien qu'il vient d'entendre la vérité, préfère ne rien répondre, laisse tomber son couteau et se ressert un grand verre de Chinon qu'il vide d'un trait.

— *In vino veritas* à ce qu'on dit. Y vois-tu plus clair maintenant ?

— Ce que je vois, c'est que je ferais mieux de te balancer dans les flammes.

— Ingrat ! Alors tu ne saurais rien du moyen de calmer les vents, de les enfermer dans de grands sacs et d'en user quand bon te semble. Tu passerais à côté de ton destin qui est de voyager autour du monde et d'y trouver quatre trésors dont ta chaumière a grand besoin. Et surtout tu ignorerais à jamais comment l'amour vient aux idiots de ton acabit.

Soit qu'il ait abusé de la dive bouteille soit qu'il n'en crût pas ses oreilles, Jean demeura le bec ouvert, stupide et muet.

— Je t'intéresse un peu, Jean le benêt ?

Jean ne put que hoqueter du menton.

— Es-tu prêt maintenant à m'écouter, à m'obéir, à me servir ?

— Te servir ? Crois-tu que moi, Jean Labûche, je me fasse un jour esclave d'un bout de bois ?

— Comme tu voudras, mauvais sujet. Va te coucher, je ne suis plus d'humeur. Il est tard et tu es gris. Que la nuit te porte conseil, pauvre mortel.

Le buis ferma les yeux et se mit à ronfliner une douce berceuse, tandis que Jean, un peu honteux de ses dernières paroles, alla se coucher, cahin-caha.

*

Bien entendu, il ne put fermer l'œil de la nuit. Peut-être à cause du Chinon, peut-être à cause des paroles du buis, peut-être un peu des deux. Si bien que lorsqu'il se leva du pied gauche, sa mauvaise humeur n'avait en rien diminué. Son premier souci fut de se précipiter devant sa cheminée où un tas de cendres froid prouvait assez que la bise dehors avait eu raison de son combat. Mais sur le côté, la petite bûche magique faisait mine de dormir, quoiqu'à bien y regarder, une minuscule paupière, comme un copeau malicieux, se soulevait à demi pour observer le pauvre Jean.

— Tu dors, esprit du buis ?

Il se demandait encore s'il avait rêvé la veille au soir et s'il n'était pas tout bonnement en train de parler à un rameau inerte comme un jeune fou.

— Par le hoquet du grand Pan

N'est-ce pas mon mécréant ?

Le vent d'hiver ne cesse pas, on dirait. Qu'en penses-tu maître des bois, crois-tu qu'il dure ainsi cent ans ?

C'était une façon d'obliger le jeune homme à se ranger à sa proposition de la veille. Sauf à vivre ballotté par le blizzard sans savoir comment l'entraver, l'humble bûcheron devait réfléchir.

— Hm, je ne peux te parler maintenant, j'ai grand besoin d'un café.

— En effet, sac à vin. Pendant que tu y es, prépare donc une tasse pour moi et une belle tartine beurrée. J'ai une faim de loup ce matin.

— Je ne doute plus de ton existence si tu dois comme moi apaiser ton appétit, esprit du buis.

Tandis qu'ils sirotaient leur café et mordaient à pleines dents la miche moelleuse, ils sentaient revenir en eux une joyeuse envie d'amitié. Passant outre leurs quolibets d'hier, ils s'observaient tous deux d'un œil neuf et allègre.

— Est-il vrai que tu connais le secret des vents ?

— Aussi vrai que tu ne le connais pas.

— Saurais-tu apaiser celui-là qui ruine l'espérance ?

— Rien de plus simple, si tu sais m'écouter.

— Si je t'écoute, resterai-je un homme libre ?

— Ce que je peux te promettre, c'est que tu seras un homme affranchi de toute mélancolie, non point celle dont tu auras toujours besoin pour rêver, mais celle qui brûle, comme ce vent d'hiver, la moindre de tes volontés.

Jean, encore indécis, hésitait à s'en remettre à une branche enchantée qui peut-être le mènerait où il ne voudrait pas aller. Cependant, la bise folle qui sifflait sans relâche lui semblait une geôlière plus malfaisante que ce petit rondin aux veines claires et à la voix flûtée. Puisqu'il était déjà prisonnier, qu'avait-il à perdre, hors ses heures dont il n'avait que faire en ce moment ?

— Entendu, je t'écoute. Mais gare à toi si tu me trompes, la prochaine flambée sera ta dernière demeure.

— Ce serait dommage mon Jeannot, car je suis définitivement ton ami. Aussi vais-je te demander de reprendre ton canif.

— Mais je croyais…

— Ne m'interromps pas, jeune effronté, et fais ce que je te dis.

Jean fouilla près du tas de cendres où il avait la veille abandonné son couteau. Il eut vite fait de le retrouver et soufflant sur la lame, le lui montra avec assurance.

— Que veux-tu en faire ?

— Moi, rien du tout. En revanche, toi, tu vas devoir en user contre ma peau. Mais attention, sois délicat et suis scrupuleusement mes indications, car de ton habileté dépend notre sort à tous deux.

— Soit ! Dois-je t'entamer jusqu'au cœur ou simplement t'effleurer l'écorce ?

— Par la barbiche d'Orphée

Commence par mon sifflet

Ôte ce zeste de bois

Qui me fait comme un suroît

Creuse là une rainure

Et soulève ma coiffure

Tu dois me former un bec

En me perçant d'un coup sec

Puis tout le long de mon corps

Tu feras un corridor
N'oublie pas quelques fenêtres
Par où l'air sort ou pénètre
Dix lucarnes pour les doigts
Afin que le chant soit roi
Vois-tu le fil de mes veines ?
C'est là qu'il faut que tu peines
Polis chacune avec soin
Caresse-la plus ou moins
Enfin regarde ton œuvre
Vois si elle est un chef-d'œuvre
Porte-moi jusqu'à tes lèvres
Embrasse-moi avec fièvre
Et maintenant, souffle un peu
Il est temps de faire un vœu,
Pose tes doigts sur ma peau
Je vibre de bas en haut

Serre Miflûte Mirliton
Contre ton cœur et chantons !

Après avoir fait tout ce que le sylphe lui avait ordonné, Jean porta la flûte à sa bouche, souffla d'abord avec timidité, puis s'enhardissant, fit danser ses doigts le long du corps sculpté par ses soins et tout à coup il fit entendre une si douce et belle mélodie que la joie l'envahit d'un frisson de plaisir.

— Bravo, mon garçon, tu t'es montré digne de ta réputation. Il y a lurette qu'on ne m'avait si bien façonné et je suis sûr que tu t'ignorais ce talent de flûtiste.

— Pour sûr, il faut quelque magie là-dedans.

— Où vas-tu chercher pareille idée ?

Sans lui laisser le temps de répondre, il se hâta de se reblottir entre les mains habiles du jeune homme. Et c'est d'un ton fort solennel qu'il lui annonça la suite du programme.

— Par la moustache d'Euterpe

Aussi bon manieur de serpe

Mérite une récompense.

Il est temps d'entrer en danse

Et de quitter ton foyer

Es-tu prêt à voyager ?

Nous partons autour du monde

Où tant de bonheur abonde.

Jean, un peu ému, attrapa son paletot, sa grande besace d'homme des

bois, mit son couteau dans sa poche et sur sa tête son chapeau.

— Garde-moi dans ta pochette, Jean Labûche, et sitôt que je te le dirai, joue un air de ma façon.

Jean ouvrit grand la porte de sa chaumière et se retrouva pris soudain dans les volutes d'un Aquilon si mauvais qu'il crut bientôt être emporté. Il se plia en deux pour mieux y résister. Il fit cinq pas, dix pas, cent pas au bout desquels il se pensa mort de froid. Le vent le malmenait si fort qu'il n'y avait pas moyen d'avancer plus vite. Il entendit alors la toute petite voix du flûtiau coincée contre sa poitrine.

— Par le pou de Ratatosk

Ce vent ne parle pas tosque !

Empoigne-moi mon Jeannot

Et souffle envers ce fléau.

Ouvre grand ta gibecière

Surtout, ne fais pas le fier

Et mets ce Matanuska

Entre nous et l'Alaska

Qu'il se loge tout au fond
Captif dans cette prison.

 Jean ne se le fit pas dire deux fois. Il sortit le galoubet de son gousset et d'une inspiration avisée joua contre le vent forcené.

 Quel sortilège apaisa la bise ? Ce n'est pas à moi de le dire. Toujours est-il que le chant semblait museler le blizzard et le soumettre tel un lion couché au pied de Daniel. Au fur et à mesure de la mélodie, il devint une onde paisible et pénétra docilement au fond du sac de Jean qui s'empressa de le boucler à son dernier soupir.

— Par les bacchantes d'Éole
Tu es maître de ce fol !
Bravo, mon Jeannot, te voilà dompteur de vent et plus riche que tu ne saurais croire.

— Mais où sommes-nous ? Il me semble n'avoir marché que cent pas depuis notre départ. Or ce n'est pas ici mon horizon.

— Cent pas ! Es-tu fou pauvre pèlerin ? Tu viens de franchir le cercle polaire. C'est pourquoi tu es riche. Les vents t'emmènent où bon leur semble, mais si tu es leur maître, ils te transportent où bon te semble.

— Quoi ? Si je rouvrais mon sac, là, maintenant, nous pourrions voyager par-delà les frontières ?

— Où as-tu vu qu'un vent comparaît à la douane ? Bien sûr que tu pourrais passer les lisières et les murs. À condition de le mener en capitaine… ce que tu deviendras si tu m'écoutes jusqu'au bout.

— Tout ce que tu voudras. Puisque le vent s'est tu, rentrons chez nous. Il me tarde d'arpenter la forêt et de débiter quelque boisseau de chêne et de châtaigner pour mon voisin Joseph le charpentier.

— Joseph attendra, je crois, car aujourd'hui c'est de mélèze qu'il te faut t'occuper.

— De mélèze ? Mais il n'en pousse pas chez nous.

— Qui parle de chez toi ? Regarde où nous sommes. Avance vers cette futaie et vois s'il n'y a pas sous ses branches quelque cadeau de Dame Nature.

Jean, un peu sceptique, obéit cependant, car jusqu'ici il n'avait pas eu lieu de se plaindre des conseils du flûtiau. Il pénétra un chemin bordé de conifères.

— Celui-ci paraît parfait.

Bien sûr il avait perdu ses aiguilles comme le font tous les mélèzes en hiver, mais en l'apercevant, Jean songea qu'il ferait une aussi belle charpente que le meilleur des châtaigniers. Il s'avança près du tronc pour en mesurer la circonférence et là, quelle ne fut pas sa surprise de découvrir un jeune garçon assis contre sa base.

— Qui es-tu ? Tu es seul ici dans cette forêt d'hiver ?

— Je m'appelle Zébulon

Orphelin de l'Aquilon,

Répondit l'enfant dont le regard d'un bleu de glacier mit au cœur de Jean une lumière singulière.

— Par le cil de Zanzibar

Il n'y a pas de hasard,

S'amusa le sylphe flûteur en découvrant une fibre paternelle chez le bûcheron.

— Quoi ? On ne peut pas le laisser ici. Je suis l'assassin de son père, je m'occuperai de lui désormais.

Comme son ton n'appelait pas de réplique, le piccolo disparut dans la poche du jeune homme qui mit dans sa sacoche une racine du mélèze avant de tourner les talons, bien décidé à s'en retourner chez lui. Mais comme il avait pris goût au doux son de la flûte, il s'en ressaisit aussitôt afin d'accompagner leurs pas sur le chemin de retour d'une marche joyeuse.

La dernière note sonnait encore qu'il aperçut le toit de sa chaumière éclairé par un mince rai de soleil. C'était toujours l'hiver, mais on pourrait le braver sans craindre les bourrasques. Il serra le flûtiau contre sa poitrine, reprit la main de Zébulon dans la sienne, affermit sa gibecière sur son épaule et se hâta vers sa chaumine.

À peine crut-il toucher du pied la barrière de son jardin, qu'une formidable rafale les prit dans son tourbillon, mais non pas si glacée que la bise. C'était au contraire un vent si chaud, si plein de sables brûlants qu'il ne fallait pas songer à lutter contre lui. Ils durent plaquer contre leur bouche le moindre tissu de leur habit. Mais leur gorge les faisait souffrir d'une soif soudaine, un sel étrange attaquait leur peau, si bien qu'ils demeuraient là, incapables d'avancer.

De toutes ses forces de jeune athlète, Jean força le vent du sud qui lui cachait désormais sa maison, son jardin, sa forêt. Il fit cinq pas, dix pas, cent pas au bout desquels il se pensa mort de chaud. Le vent le malmenait si fort qu'il n'y avait pas moyen d'avancer plus vite. Il entendit alors la toute petite voix du flûtiau coincée contre sa poitrine.

— Par le talon d'Aristote

Rejoue vite quelques notes,

C'est le moyen d'amadouer

Ce démon qui veut nous tuer

Ouvre grand ton havresac

Avant qu'il nous mette à sac

Enferme-le comme il faut

Si, la, sol, fa mi, ré, do.

Jean entendit vitement le message et porta aussitôt la flûte à son museau. D'une danse effrénée, il affronta le démon venteux.

*

Quel prodige recelait ce refrain ? N'espérez pas que je le dévoile. Toujours est-il que le Simoun, de furie brûlante qu'il était, devint un souffle délicieux et jusqu'à sa dernière haleine vint dormir au fond du ballot du joueur de flûte. Ce dernier s'empressa d'en serrer les cordons et de reprendre lui-même une respiration tranquille.

— Par le cul de Lustucru
Je crois bien que tu l'as eu,

— Certes, mais nous voilà perdus. Pour cent pas arpentés, quel désert !

— Cent pas ! Tu n'y es pas, mon Jeanneton. Tu es à mille lieues de chez toi et une fois de plus, tu es le maître des transports.

— Je me languis de ma chaumine. Retournons sur nos pas que j'aille étreindre quelque hêtre.

— De quel hêtre te soucies-tu, quand il est question de baobab ?

— De baobab ? Mais c'est un arbre inconnu dans nos contrées.

— Que tu as l'esprit obtus ! Pousse ton regard vers le sud. N'y vois-tu pas dans la savane un bel arbre ventru qui t'attend comme un vieux sage.

— En effet, c'est curieux. Allons voir comme il pousse. Donne ta main, mon Zébulon, et ensemble, découvrons ce géant.

Lorsqu'ils arrivèrent au pied du baobab, une enfant semblait dormir sous sa ramure. C'était une petite fille que Jean aperçut avec émotion.

— Qui es-tu, mon adorable ? Es-tu seule, ici, sans secours ?

— Je m'appelle Anazaëlle

Fille unique de Samiel,

Répondit la fillette en plantant dans le cœur de Jean un sourire de braise ardente.

— Par le téton d'Aphrodite

Je crois que la messe est dite,

Se gaussa le piccolo en voyant fondre le tuteur de Zébulon.

— Quoi ? J'ai mis son père dans une cage, je dois maintenant m'occuper de la fille.

Le flageolet n'avait rien à y redire et disparut en un instant dans les plis de sa chemise.

Mais Jean, après avoir recueilli une racine de baobab et, désireux d'accompagner leur retour d'une mélodie, le persuada en trois croches de leur rendre la route plus harmonieuse.

La dernière note sonnait encore qu'il aperçut le toit de sa chaumière éclairé par un mince rai de soleil. C'était déjà le printemps, mais on n'avait pas à craindre sa chaleur. Il rangea le flageolet contre son sein, donna ses deux mains aux enfants et d'une jambe alerte se pressa vers son enclos. À peine crut-il le toucher du pied qu'une bourrasque démentielle les fit tournoyer comme fétus de paille.

C'était un vent d'est soufflant dans sa démence plus fort que la bise et le sirocco réunis. Il fallut au bûcheron une vigueur de jeune dieu pour ne pas lâcher Anazaëlle ou Zébulon qui ne touchaient plus terre. Miflûte Mirliton comprit qu'il ne pourrait pas dans ces conditions se saisir de sa personne et d'un bond astucieux sauta de lui-même jusqu'aux lèvres du manieur de bois. Celui-ci émit quelques sons délicats qui apaisèrent aussitôt le Karaburan. Il put dès lors poser ses doigts sur le corps du flûtiau et jouer un morceau aux vertus mystérieuses.

— Par l'œil de Tananarive

C'est ainsi qu'on y arrive

Ne cesse pas ton refrain

Il est de ce vent le frein

Ouvre d'abord ta sacoche

Et sers-toi de doubles croches

Pose bien tes doigts charmants

Et sus au Karaburan.

*

Quel talisman envoûta le grand vent ? Ne comptez pas que je l'avoue. Toujours est-il que ce dément s'adoucit tant que ses bourrasques tourbillonnantes devinrent de simples caresses qui, jusqu'à la dernière, prirent le chemin du havresac de Jean.

— Par l'os de Vladivostok

Qui, de ton talent se moque ?

— Merci, mais il est temps de retourner chez nous. Cent pas nous en séparent quoique je ne reconnaisse pas ici mon pays.

— Cent pas ! Y es-tu mon Jeannot ? Tu te trouves à l'orient du monde.

— Tant pis. Je suis fourbu de tant de luttes. Il me faut d'autre bois que toi, flûte. J'aspire à scier un peuplier, un bouleau ou un même un laurier.

— Un laurier, quand tu dois t'incliner devant un ginkgo biloba !

— Un ginkgo, qu'est-ce donc que cet arbre-là ?

— Pousse donc tes pas vers l'est, tu le découvriras bien. Sois poli, c'est un végétal précieux qu'on appelle l'arbre aux mille écus. Il se peut d'ailleurs qu'à ses pieds, ton trésor soit multiplié.

Jean, tournant son regard vers Zébulon et Anazaëlle, se jugea déjà fort riche, mais ne voulut pas désobéir tant il avait jusqu'ici profité des conseils de Miflûte Mirliton. Quel ne fut pas son étonnement de dénicher, recroquevillée sous les feuilles dorées, une fillette alanguie qu'il le fit tressaillir dès qu'il la vit !

— Bonjour inestimable ! Qui es-tu, mon enfant ? Es-tu abandonnée sous les frondaisons d'or ?

— Je m'appelle Lizinoar

Fille aimée du Reshabar,

Répondit la petite fille en relevant des fossettes irrésistibles qui ne firent qu'une bouchée du cœur aimant de Jean Labûche.

— Par le pouls de Shérazade

Il va nous donner l'aubade !

— Quoi ? J'ai vaincu le vent son père, dois-je délaisser sa pupille ?

Miflûte Mirliton ne jugea pas utile de poursuivre. Il sauta dans la boutonnière de Jean qui prit la main de la fillette.

Mais en tournant les talons en direction de chez lui, il prit soin de recueillir une racine de gingko qu'il enfourna dans son ballot. Avec ses trois enfants à sa suite, il pensa qu'un air badin les distrairait tout le long du chemin.

La dernière note sonnait encore qu'il aperçut le toit de sa chaumière éclairé par un mince rai de soleil. C'était déjà l'été, mais on n'avait plus à redouter les bourrasques.

Aussi Jean se réjouit-il de pousser du talon le montant de la clôture de son potager. Mais à peine y posa-t-il un orteil qu'un fleuve d'air, doucereux comme une orange, les enveloppa d'une arabesque voluptueuse. C'était un vent d'ouest, plein de délices et de parfums, qui les souleva de terre comme d'humbles foins coupés.

— Par l'index de Sayabec

Et ma foi de flûte à bec

Je te dois avec franchise

La vérité sur la brise

Elle est bien plus redoutable

Que le brûlant vent des sables

Plus périlleuse que l'air

Soufflant du cercle polaire
Et plus vicieuse que l'âme
De l'orient le plus infâme
Elle peut nous égarer
Jusqu'aux confins de l'été
Son royaume c'est l'éther
C'est pourquoi je désespère,

— Reprends courage, piccolo, je vais lui jouer un air de ma façon et l'obliger à dormir au fond de mon sac comme les autres.

   Quel charme soutenait cette romance ? Croyez-vous que je le sache ? Toujours est-il que l'Alizé, plus bercé que berceur, s'en vint suavement reposer au fond de la gibecière de Jean jusqu'au dernier de ses soupirs.

— Par la croupe de Guenièvre
J'aime ce qui n'est pas mièvre,
Tu l'as tant ensorcelé
Que nous voilà délivrés.

— Peut-être. Mais cette fois, c'en est assez. Reprenons pour de bon la route bien-aimée. Ces cent pas m'ont coûté plus que je n'aurais cru.

— Cent pas ! Comptes-en un million ! Tu touches le bout du monde.

— Pourtant rien ne me serait plus doux qu'enlacer un érable.

— Un érable ! Quand tu peux courir autour d'un séquoia !

— Un séquoia, qu'est-ce donc que cet arbre ?

— L'arbre le plus haut du monde, mon petit. Tu as mérité de le rencontrer. Pousse un peu vers le couchant, tu le découvriras ce géant.

Serrant la main de Lizinoar, d'Anazaëlle tenant elle-même celle de Zébulon, Jean avança droit devant lui et se retrouva bientôt minuscule auprès du gigantesque bois. Rien ne l'avait préparé à trouver à son pied un garçon pensif, beau comme le jour, qui éclaira d'un vif éclat l'âme du bûcheron.

— Qui es-tu, garçonnet ? Vis-tu seul à l'ombre du seigneur feuillu ?

— Je m'appelle Joromir

Fils adoré du Zéphyr,

Répondit le jeune enfant d'un sourire enjôleur qui conquit aussitôt Jean.

— Par les rides de Vénus

Il ne faut en dire plus,

Rigola sous cape le pipeau en s'allant coucher dans la poche du paletot.

— Quoi ? J'ai berné son paternel, je dois le prendre sous mon aile. Cueillons une racine de séquoia et en avant pour notre logis.

Les enfants lui emboîtèrent le pas, heureux de faire la route ensemble, si bien que le piccolo de lui-même scanda leur marche d'un refrain entraînant.

*

La dernière note sonnait encore quand Jean aperçut le toit de sa chaumière éclairé par un mince rai de soleil. C'était déjà la fin de l'été, pas encore l'automne, et il faisait si bon que leurs yeux se réjouirent de se poser sur l'or cuivré des feuilles de vigne croulant sous les grappes. Au loin la forêt dansait sous les caresses tranquilles d'un air parfait. Zébulon, Anazaëlle, Lizinoar et Joromir coururent jusqu'au jardin dont ils poussèrent le portail en riant. Chacun d'eux avait demandé à leur nouveau père la racine de l'arbre sous lequel il les avait trouvés.

Jean la leur remit avec confiance, devinant qu'ils la planteraient aux quatre coins du verger et qu'il pousserait là bientôt de riches frondaisons. Il pénétra dans sa chaumière et posa dans un coin le sac de vents enfin dociles. Il voulut s'asseoir un instant et se servir un bon verre mérité, mais il sentit contre sa poitrine trois petits coups secs qui le rappelèrent à l'ordre.

— Par le bouc de Lancelot
Oublierais-tu ton flûtiau ?
— Bien sûr que non, mon camarade, mais il me semble que l'aventure

s'achève. Tu m'avais promis quatre trésors et les voilà dans le jardin à se construire quatre cabanes. Le sac de vents est dans un coin et je devine qu'il me faudra l'ouvrir à peine pour voyager de nouveau par le grand monde, n'est-ce pas ? Alors il est bien temps d'ouvrir une bouteille.

— Pas encore mon agneau. Il te reste une épreuve. Ne vois-tu pas près de ta porte cette souche de tilleul qui n'attend que ta caresse.

— En effet, j'ignore qui l'a mise là, mais c'est une bien belle souche.
Il la contempla d'un œil joyeux, la tâta d'une main habile, s'interrogeant déjà sur l'emploi qu'il en ferait. À coup sûr, une belle sculpture.

À peine soupira-t-il ce souhait que la souche tourbillonna sur elle-même comme une toupie malicieuse et tout à coup s'immobilisa devant ses yeux écarquillés.

Devant Jean se tenait une jeune femme aux claires prunelles. C'était une fille toute simple, pas plus jolie qu'il ne faut, pas moins non plus, et qui, découvrant le brave garçon ni adonis ni disgracieux debout devant elle, lui sourit les yeux pleins de printemps.

Jean adora ce sourire et d'un regard porté dehors sur ses quatre enfants jugea que le moment était venu de vivre. Il tendit la main à la jeune fille qu'en secret il baptisa Flore et poussa de son bras libre la porte en grand. Un fleuve de lumière emplit la pièce du sol au plafond. Sur le seuil, un soleil juvénile les embrassa d'un baiser de joie.

Alors Jean, serrant dans sa poche un petit morceau de buis plus précieux qu'un trésor, se mit à chanter et… par la corne de Thor, je crois bien qu'il chante encore.

*

Miflûte Mirliton et ses références

Alizé : vent des régions intertropicales
Aphrodite : déesse de l'Amour dans la mythologie grecque
Aquilon : en France, vent du nord annonciateur de tempête
Aristote : philosophe grec de l'Antiquité
Bise : vent froid et sec du nord-est
Blizzard : tempête de neige soulevée du sol par un vent fort
Daniel : prophète biblique
Éole : dieu des vents dans la mythologie grecque
Euterpe : muse de la musique dans la mythologie grecque
Guenièvre : épouse du roi Arthur
Karaburan : vent d'Asie, ouragan
Lancelot : personnage de la légende arthurienne
Le roi Arthur : seigneur breton, héros de la littérature médiévale
Lustucru : personnage de la chanson La mère Michel
Matanuska : rivière ou glacier de l'Alaska
Orphée : héros de la mythologie grecque
Pan : divinité de la nature dans la mythologie grecque
Père Ubu : personnage créé par Alfred Jarry
Pluton : dieu des Enfers dans la mythologie romaine
Ratatosk : écureuil dans la mythologie scandinave
Reshabar : vent du sud du Caucase
Samiel : vent suffocant d'Afrique du Nord
Sayabec : ville du Canada
Shérazade : personnage des Mille et Une Nuits
Simoun : vent chaud des côtes orientales de la Méditerranée
Sirocco : vent du Sahara, très sec et très chaud
Sylphe : esprit de l'air
Tataouine : ville de Tunisie
Thor : dieu du tonnerre dans la mythologie nordique
Tosque : dialecte albanais
Vénus : déesse de la beauté dans la mythologie romaine
Vladivostok : port de l'Extrême-Orient russe
Zanzibar : archipel de l'Océan Indien
Zéphir : vent d'ouest doux et chaud

Miflûte Mirliton

Ce texte fait l'objet d'un spectacle interprété par
La COmpagnie du Coquelicot ARDEnt.
Il est dit par Nadine Juhel, Dany Lecènes et Laurence Bossard.
Les vidéos qui l'accompagnent sont de LôJiVe.
Pour tout contact : dany.lecenes@orange.fr
 La COmpagnie du Coquelicot ARDEnt

© 2025 Dany Lecènes
Édition : BoD · Books on Demand, 31 avenue Saint-Rémy,
57600 Forbach, bod@bod.fr
Impression : Libri Plureos GmbH, Friedensallee 273,
22763 Hamburg (Allemagne)
ISBN : 978-2-8106-2890-2
Dépôt légal : Février 2025